la courte échelle

À Sébastien, une petite lecture pour te changer des maths.

Les éditions de la courte échelle inc.

Sylvain Meunier

Sylvain Meunier est né à Lachine, et il a étudié en littérature et en pédagogie à l'Université de Montréal. Depuis 1995, il a publié plusieurs romans pour les adultes et aussi pour les jeunes. Il enseigne présentement dans une école de la région montréalaise. Pour se détendre, Sylvain Meunier aime gratter sa guitare — même s'il dit ne pas avoir l'oreille musicale —, partir en promenade avec son chien, jardiner et jouer au badminton. *Le seul ami* est le premier roman qu'il publie à la courte échelle.

Élisabeth Eudes-Pascal

Née à Montréal, Élisabeth Eudes-Pascal a étudié la peinture à l'Université Concordia et l'illustration à l'Université du Québec à Montréal. Elle a vécu en plusieurs endroits du monde, en France, en Inde, ainsi qu'à l'Arche, un organisme international où l'on vit et travaille avec des personnes ayant un handicap intellectuel. Élisabeth adore dessiner et peindre. Dans ses temps libres, elle lit, fait du vélo, du jogging et de la marche. Elle aime également beaucoup les chats... et le chocolat. *Le seul ami* est le premier roman qu'elle illustre à la courte échelle.

Sylvain Meunier

LE SEUL AMI

Illustrations
de Élisabeth Eudes-Pascal

la courte échelle
Les éditions de la courte échelle inc.

Les éditions de la courte échelle inc.
5243, boul. Saint-Laurent
Montréal (Québec) H2T 1S4

Conception graphique de la couverture:
Elastik

Conception graphique de l'intérieur:
Derome design inc.

Mise en pages:
Mardigrafe inc.

Révision des textes:
Sophie Sainte-Marie

Dépôt légal, 2e trimestre 2002
Bibliothèque nationale du Québec

La courte échelle reconnaît l'aide financière du gouvernement du Canada par l'entremise du Programme d'aide au développement de l'industrie de l'édition pour ses activités d'édition. La courte échelle est aussi inscrite au programme de subvention globale du Conseil des Arts du Canada et reçoit l'appui du gouvernement du Québec par l'intermédiaire de la SODEC.

La courte échelle bénéficie également du Programme de crédit d'impôt pour l'édition de livres — Gestion SODEC — du gouvernement du Québec.

Données de catalogage avant publication (Canada)

Meunier, Sylvain

Le seul ami

(Roman Jeunesse; RJ109)

ISBN: 2-89021-535-0

I. Eudes-Pascal, Elisabeth. II. Titre. III. Collection.

PS8576.E9S48 2002 jC843'.54 C2002-940379-0
PS9576.E9S48 2002
PZ23.M48Se 2002

Chapitre I
Une bêtise de Germain

Vers l'âge de neuf ans, j'ai fait une bêtise. J'en avais fait quelques-unes auparavant et j'en ai fait plusieurs autres après mais, celle-là, je ne peux pas l'oublier. Ce n'était pas une si grosse bêtise, sauf que sans elle je n'aurais pas connu Michel.

En ce temps-là, je pense, c'était beaucoup plus facile qu'aujourd'hui de commettre des bêtises. Et comme nous baignions dans la religion, la plupart des bêtises étaient des péchés.

D'habitude, les miens n'étaient pas bien graves; ils s'appelaient «gourmandise», «mensonge», «paresse»... Pourtant, pendant la messe, je rêvais que j'étais un ange! Pas n'importe lequel: saint Michel archange, celui qui tenait une épée de feu! Je le retrouvais tous les dimanches dans la voûte de l'église, où il était peint avec ses compagnons. Ensemble, nous combattions les démons.

Que d'aventures, que de plaisirs imaginés!

Je ne priais donc pas autant que j'en avais l'air, le regard perdu dans les hauteurs du ciel. C'est à peine si j'écoutais les sermons, qui parlaient le plus souvent de l'ivrognerie, cette passion immodérée qu'éprouvent certains hommes pour la bière. L'ivrognerie était parmi les plus laids de tous les péchés.

Par un de ces doux après-midi où l'hiver nous porte à croire qu'il va finir, Binette, Paul, moi et d'autres revenions de l'école. Le sac jeté nonchalamment sur l'épaule, nous avancions en nous poussant, dérangeant les passants sans le moindre scrupule.

Le sujet de notre conversation était une de ces histoires qu'on nous racontait pour nous faire la morale. Des pauvres avaient échangé leurs meubles contre des caisses de bière.

Binette avait déclaré:

— Quand un homme revient de l'ouvrage, il a bien le droit de prendre une petite bière tranquille!

Il renchérit:

— La bière, ce n'est pas de la vraie boisson. Mon père dit que c'est quasiment du pain en bouteille.

La conversation allait bon train et se compliquait. Si les pauvres avaient changé leurs meubles pour de la bière dans l'intention de se nourrir, il n'y avait pas de quoi se scandaliser.

— Quand même, dans les tavernes, ce sont des ivrognes! dit Paul. On en a vu un, l'autre jour, qui est tombé en pleine face sur le trottoir en sortant.

Nous arrivions justement devant la taverne, une sorte de restaurant où seuls les hommes allaient boire.

— Qui n'a pas peur d'entrer et de leur crier qu'ils sont juste une bande d'ivrognes? lança quelqu'un.

Alors, je ressentis comme un appel!

Gonflant le torse, je poussai la première porte, lourde, et demandai à mes compagnons de la garder entrouverte pour assurer ma fuite.

Je pénétrai dans le vestibule, tel saint Michel archange planant vers l'ennemi. Je poussai la seconde porte et passai la tête à l'intérieur. Il n'y avait pas beaucoup de monde. Tant pis! De toutes mes forces, je criai: «IVROGNES!»

Puis je détalai. Au lieu des regards admiratifs que j'espérais trouver à la sortie, je ne vis que la porte... fermée! Jamais depuis je ne me suis senti si petit ni si abandonné. J'ouvris aussi vite que possible et plongeai dans la lumière du jour.

Mes camarades avaient disparu! Et qui se trouvait là, me fixant de leurs petits yeux ronds tout pleins d'étonnement? Les demoiselles Saint-Aubin! Deux vieilles filles jumelles très religieuses qui, pour mon plus grand malheur, connaissaient bien ma mère! Je n'allais pas échapper à une

bonne explication, et elle se produisit dès le lendemain.

Quand mon père était avec nous, il nous réveillait en douceur. Ma mère, plus nerveuse, nous bousculait. Moi surtout. Au matin, mon lit était un cocon dans lequel j'évoluais en paix vers des états supérieurs sans aucun rapport avec des réalités comme l'école.

Ce jour-là, le réveil fut particulièrement raide, presque militaire.

— Allez, debout, le petit effronté de la rue Notre-Dame!

La veille, ma mère avait assisté à la réunion des Filles de sainte Anne avec les demoiselles Saint-Aubin. Même encore endormi, je compris vite que l'inévitable s'était produit. Les petits yeux noirs de ma mère avaient l'éclat des mauvais jours et ses lèvres étaient serrées.

J'adoptai la stratégie de l'autruche et plongeai la tête derrière la boîte de céréales, avec la pinte de lait dressée tel un périscope. Ma mère servait et desservait, préparait les sandwichs de mon grand frère, courait réveiller ma soeur, tandis que la radio plaisantait sur les nouvelles.

Mon grand frère parti, ma soeur occupée à sa toilette, nous nous sommes retrouvés seuls un moment.

— Les demoiselles Saint-Aubin m'en ont appris une belle, hier!

— Ah! quoi? fis-je innocemment.

— NE FAIS PAS L'INNOCENT! Je n'ai jamais eu si honte de ma vie! Mon petit garçon qui sortait de la taverne! Mais qu'est-ce que tu fabriquais là-dedans?

— Euh... je voulais aider à combattre l'ivrognerie!

L'expression de ma mère passa de l'exaspération à la stupeur. Sentant que j'avais jeté un peu d'eau sur le feu de sa colère, j'enchaînai:

— À la messe, M. le curé a dit que tout le monde doit s'unir contre l'ivrognerie.

Ma mère était maintenant passée de la stupeur à l'attendrissement.

— Combattre… oui… en effet… C'est une façon de parler, bafouillait-elle, désormais douce comme un gâteau tout chaud.

— C'est vrai que c'est grave, l'ivrognerie, oui ou non?

— Oui! Sauf qu'à ton âge tu ne peux pas tout comprendre.

— Oh là là! C'est toujours la même histoire, on peut seulement écouter, on est toujours trop petit…

— Non! tu peux agir… mais pas de cette façon. Qu'est-ce que tu as fait, dans cette taverne?

— Je leur ai crié qu'ils étaient tous des pêcheurs!

— PÉcheurs, Germain, des pÉcheurs!

J'avais fait la faute exprès.

— Penses-tu vraiment que ça peut les aider de leur crier des noms?

— Alors qu'est-ce que je peux faire?
— Tout de suite? Je ne sais pas trop... Je vais en parler aux demoiselles Saint-Aubin.

Là, je me suis dit que j'aurais peut-être dû accepter une fessée et qu'on oublie tout. C'était trop tard!

Chapitre II
Le monde de Michel

J'étais épuisé et affamé encore plus qu'à l'ordinaire, au sortir de la messe, le dimanche suivant.

Sur le parvis, les demoiselles Saint-Aubin attendaient ma mère. Je les avais oubliées, celles-là.

— Ta mère nous dit que tu veux servir Jésus!

— Cela ne nous étonne pas.

— Je pense que nous avons trouvé quelque chose pour t'aider à devenir, peut-être, c'est un peu tôt pour le prédire, un petit saint.

— C'est un peu tôt, oui! fit ma mère en replaçant ma tuque.

Pour ce qui avait été de me faire oublier, c'était raté.

Quand nous reprîmes enfin le chemin de la maison, j'interrogeai ma mère:

— Qu'est-ce qu'elles ont dit, les madames?

— Les demoiselles, Germain, les demoiselles Saint-Aubin. Tu n'as pas écouté?

— Oui, mais je n'entendais pas bien.

— Tu ne portes jamais attention! C'est la même chose à l'école. En tout cas…

c'est assez intéressant. Elles pensent que tu pourrais aider, si tu voulais.

— Ah?

— Il ne s'agit pas de combattre l'ivrognerie, bien sûr, c'est une tâche trop lourde pour tes petites épaules. Elles ont trouvé quelque chose de plus à ta portée.

Les pires scénarios commençaient à s'échafauder dans ma tête.

— Tu n'es pas obligé. Ce sera à toi de décider. Nous en reparlerons ce soir.

Ma mère attendit après le souper, au moment de laver la vaisselle, pour aborder de nouveau le sujet.

À deux pâtés de maisons, dans notre avenue, tout près de la rue Notre-Dame, vivait une famille que le malheur avait frappée. Le fils aîné, qui avait à peu près mon âge, était paralysé de la taille jusqu'aux pieds. Paralysé! Le mot était terrifiant, chargé de mystère.

Le pauvre garçon ne pouvait pas sortir. Les parents qui n'étaient pas riches, comme les miens d'ailleurs, n'avaient pas les moyens d'acheter un fauteuil roulant.

— Est-ce qu'ils sont pauvres? ai-je demandé.

— Non, ils ne sont pas riches.

Dommage! Tant qu'à faire, j'aurais assez aimé rencontrer des pauvres.

En ce temps-là, les mères n'enduraient pas la marmaille dans la maison et l'expédiaient dehors, *manu militari* au besoin.

À Lachine, sur la 11e Avenue seulement, entre la rue Notre-Dame et le chemin de fer, il y avait assez d'enfants pour organiser de vastes parties de cow-boy ou de cachette. Ainsi, nous pouvions jouer dans presque toutes les arrière-cours. Alors comment pouvais-je ne pas connaître une famille?

Toujours est-il que le pauvre garçon n'avait pas d'amis, et c'était là que j'intervenais. Est-ce que j'accepterais de jouer avec lui à l'occasion?

C'était tout? Quel soulagement! Jouer, ce n'était pas une corvée. Je promis ma plus entière et enthousiaste collaboration.

— Il s'appelle comment?

— Michel.

Le jeudi en huit, tout ayant été arrangé par les demoiselles Saint-Aubin, ma mère m'amena rencontrer mon nouvel ami. Presque toute la neige avait fondu, les érables bourgeonnaient et les bicyclettes risquaient leurs premiers tours de roues entre les dernières flaques de neige brune.

Elle m'avait attifé comme si on était dimanche, et j'étais horriblement gêné de passer ainsi dans la rue.

Au coin se trouvait le restaurant Lachine Tea Room. C'était un établissement banal que nous fréquentions rarement, quand ma mère n'avait pas eu le temps de cuisiner et qu'elle nous envoyait y acheter des frites.

Derrière s'ouvrait une étroite impasse dans laquelle nous ne mettions pas les pieds, parce que c'était là que le restaurant entreposait ses déchets. L'odeur de moisissure ne disparaissait jamais. Au fond de l'impasse, il y avait une porte avec une adresse.

Le soleil qui illuminait la rue ne pénétrait pas jusque-là. Il y faisait plus frais, plus humide et la puanteur y devenait insupportable. J'avais tout à coup l'impression d'être très loin de chez nous.

Nous entreprîmes l'ascension d'un escalier intérieur où ma mère et moi tenions à peine côte à côte. En haut, une femme nous attendait en souriant. L'odeur d'ordures avait été remplacée par celle des maisons mal aérées, chargée de l'humidité du linge qui avait séché près de la fournaise à l'huile.

La femme, sous ses yeux bruns, doux et bons, avait de grands cernes. Elle était maigre.

Ma mère dut me secouer l'épaule pour que je pense à la saluer. Tout ce que je découvrais était à la fois familier et étrange!

Nous nous trouvions dans une pièce qui occupait le centre du logement. Au milieu, un gros bébé dans une chaise haute me fixait d'un regard curieux qui me mit mal à l'aise. Je détournai les yeux. Une fenêtre ouverte donnait sur un toit noir, coincé entre des maisons inconnues.

— Il fait assez beau aujourd'hui pour laisser entrer un peu d'air. Ici, le moindrement que le soleil tape sur le toit, on crève, dit la femme qui nous avait accueillis, et qui était forcément la mère.

En effet, j'avais plutôt chaud. Le visage d'un garçonnet apparut dans l'ouverture de la fenêtre. Il avait le nez morveux et tenait dans sa main une saucisse à *hot-dog* crue, que lui disputait une grosse mouche verte! Je n'avais, de ma vie, jamais vu personne manger de la saucisse crue!

— C’est un petit voisin, dit la mère.

Un visage ovale, propre celui-là, remplaça celui du bambin à la saucisse.

«Allo!» fit la frimousse, d’une voix claire, pour disparaître aussitôt et réapparaître par une porte dérobée. Le visage appartenait à un corps frêle vêtu d’une salopette et d’un chandail, et ressemblait à celui de la mère.

Je tenais à la main un petit cadeau: un cahier à colorier et des crayons de cire. Nerveux, je le donnai à la fillette qui venait d’entrer, et cette dernière le prit.

— Ce n’est pas pour toi, ça, ma crotte, intervint la mère, c’est pour Michel.

L’enfant recula, déçue, et moi, je pris conscience de ma confusion.

Je restais là, à ne savoir que faire de mon petit paquet.

— Mais offre-lui son cadeau! s’impatienta ma mère en bougeant le menton en direction du bébé.

Enfin, la lumière s’alluma dans ma pauvre tête: ce n’était pas un bébé! C’était lui, le Michel que j’avais accepté de rencontrer!

Je cessai de voir la chaise haute pour regarder celui qui y était installé. C’était un garçon avec de bonnes épaules, des bras imposants et une tête droite aux traits fermes et couverte d'une chevelure épaisse et foncée.

Ce qui me frappa le plus, ce fut son regard tel que je n'en connaissais pas ni n'en connaîtrais plus jamais. C'était un regard habitué à scruter longuement chaque être et chaque chose, ce qui devait constituer l'occupation principale de n'importe quelle personne contrainte à une immobilité perpétuelle.

Je m'approchai et lui tendis le cadeau, presque à bout de bras, retenu par un mélange de pudeur et de crainte, comme s'il était contagieux.

Il ouvrit le paquet, feuilleta le cahier, prononça un «merci» de circonstance, puis reporta toute son attention sur moi. Je ne trouvais absolument rien à dire.

Je baissai les yeux. Deux choses brunâtres et entrelacées accaparèrent mon attention... Ses jambes! Elles étaient repliées sous le plateau de la chaise haute, mal dissimulées par une couverture de flanelle.

Elles avaient une taille normale, m'apparaissaient plus brunes que son visage, et tellement inertes! Elles étaient des objets de chair, rangés à leur place.

— Mes jambes sont paralysées. Je ne peux pas les bouger.

Il avait dit cela sans tristesse, peut-être même avec un brin de cette drôle de fierté

qu'éprouvent les enfants à montrer leurs particularités.

Je savais déjà qu'il était paralysé, j'éprouvais seulement de la difficulté à passer de l'imaginaire au réel.

— Ici, j'ai mon sac pour faire pipi! relança-t-il. Il releva sa camisole pour me montrer un sac en plastique, translucide et oblong, à moitié rempli d'un liquide mousseux qui s'y déversait grâce à un tube…

«Mais d'où sort ce tube?» me demandai-je dans un frisson d'horreur.

— Michel!… fit sa mère sur un ton où se mêlaient le reproche et l'amusement.

Lui, il était content d'avoir réussi à me surprendre.

— Bon, continua sa mère, allez donc jouer dans ta chambre, pour faire connaissance, comme on dit.

Il avait sa chambre à lui tout seul! Pas moi.

Sa chaise était munie de roulettes.

— C'est mon père qui a fabriqué ma chaise; il peut construire n'importe quoi.

Le pousser jusque dans sa chambre fut facile. Ce fut une autre affaire de le tirer de sa chaise pour l'installer sur un pouf. Sa mère dut le saisir à bras-le-corps pour le soulever, ma mère à moi ne sachant trop comment l'aider. Je crus que les jambes de Michel allaient se déployer sous lui et pendre dans le vide, mais non.

— À mesure qu'il grandit, souffla la mère, j'ai de plus en plus de misère à le déplacer. Il faudrait un vrai fauteuil roulant, sauf que ça coûte cher.

J'entrai le dernier dans la chambre. Quelle chambre! Au premier coup d'oeil, cela ressemblait au rayon des jouets d'un grand magasin.

Je reconnus tout de suite des jouets que j'avais admirés en vitrine. Le camion de pompier en fer-blanc, le fusil désintégrateur qui crachait des étincelles, la soucoupe volante qui faisait tout sauf voler. Trois épées de styles différents, un arc de plastique avec des flèches sifflantes et, parmi encore plus de babioles, une ménagerie de bêtes en peluche.

Je fus transporté dans un autre monde à la vue de tous ces objets. Je n'osais toucher à rien. Je n'aurais pas su par où commencer. La soucoupe, peut-être? Oui, la soucoupe!

Mon corps amorça un mouvement que ma conscience, ou les effets de ma bonne éducation, retint. Je me tournai vers Michel. Il m'observait toujours, souriant.

— Mets-tu tes doigts dans ton nez, toi?

Je ne m'attendais vraiment pas à une question qui remontait à la préhistoire de ma vie, c'est-à-dire avant l'école. Si votre famille n'avait pas réussi à vous inculquer les bonnes manières en matière d'hygiène nasale, les sarcasmes des camarades s'en chargeaient sans pitié. Je répondis que non, du moins pas en public.

— Moi, dit-il comme on avoue une espièglerie, je mets encore les doigts dans mon nez!

Ah bon!

— Mais cette soucoupe volante, est-ce qu'elle fonctionne?

— Oh! elle roule en tournant. C'est plate.

* * *

En effet, la soucoupe ne faisait que tourner sur elle-même, en émettant des sons stridents et en tirant de ses canons multicolores. Il avait tout de même fallu un bon quart d'heure avant que je m'en lasse. Michel m'avait regardé.

Puis il m'avait demandé de jouer aux aiguilles. Le jeu consistait en de longues tiges de bois de diverses couleurs, qu'il fallait jeter au sol d'un seul mouvement. Ensuite, il s'agissait de les retirer une à une du tas sans bouger le reste. J'avais perdu, par manque de patience et de minutie.

Son père était arrivé. C'était un père semblable aux autres, qui rentrait du travail, certainement pas un ivrogne.

Enfin, ma mère et moi étions repartis. On n'était pas encore passé à l'heure d'été et la rue devenait la proie des ombres. Notre rue… Elle me semblait s'être agrandie quelque peu.

Le sable que la neige, en fondant, avait laissé sur les trottoirs craquait sous les semelles de mes souliers, et j'avais l'impression d'entendre ce bruit familier pour la première fois.

Les poteaux électriques qui montaient la garde devant les maisons en briques rouges, la dentelle des escaliers extérieurs, les voitures garées à leur place habituelle… Tout avait un petit quelque chose de nouveau.

Binette remontait l'autre trottoir en m'envoyant la main. Je lui rendis son salut avec le geste cérémonieux du voyageur qui rentre.

Le soir, ma mère s'assoyait souvent au bord de mon lit avant d'éteindre, histoire de me faire la morale en douceur ou de m'encourager à mieux travailler à l'école.

Ce soir-là, elle me demanda comment je trouvais Michel.

— Il est fin, mais un peu bébé.

— Il faut le comprendre: il a toujours été enfermé dans la maison, avec sa petite soeur. Maintenant qu'elle va à l'école, il passe ses journées seul avec sa mère. C'est pour ça qu'il a besoin de toi.

— Il a tellement de jouets!

— Voyons, Germain, tous les jouets du monde ne valent pas un ami!

— Oui, je le sais... Comment ça se fait qu'il a autant de jouets même si ses parents ne sont pas riches?

Ma mère mit un moment à répondre.

— C'est assez compliqué. Michel a des oncles et des tantes, des grands-parents. Je ne pense pas qu'ils soient riches non plus, sauf qu'ils l'aiment et ils en ont probablement pitié, alors ils le gâtent.

— Pourquoi est-ce qu'ils ne lui achètent pas un fauteuil roulant?

— Oh! C'est beaucoup plus cher que quelques jouets. Et puis, peut-être qu'ils le feront quand il sera un peu plus grand.

L'explication me satisfaisait. Je ne pouvais cependant pas m'empêcher d'être un peu jaloux.

Plus je découvrais le petit coin du monde dans lequel nous vivions, plus je me disais que le fait d'être ni pauvre ni riche, mais bien élevé, n'entraînait que des privations!

— Est-ce que tu vas y retourner? me demanda ma mère.

Elle savait bien que si.

Cette nuit-là, j'amorçai une nouvelle série de rêves. Saint Michel archange pouvait désormais compter sur un petit Michel pour l'assister dans ses missions, ainsi que Batman avait son Robin.

Je l'avais installé sur mon dos, afin qu'il protège nos arrières, mais cela s'avéra malcommode pour voler. J'eus la bonne idée de lui bricoler un aéronef monoplace qui ressemblait beaucoup à sa soucoupe volante.

Dès lors, nous avons formé la plus redoutable paire de justiciers du monde.

«À quoi rêve Michel?» me demandais-je parfois. Je n'osai jamais lui poser la question. Moi qui avais mes jambes, je rêvais d'avoir des ailes. Lui qui ne les avait pas, rêvait-il seulement de courir?

Chapitre III
L'unique ami

La fenêtre de la chambre de Michel donnait sur notre rue. Lorsque je rentrais de l'école et qu'il m'apercevait, il m'appelait pour que je monte jouer avec lui. Si la fenêtre était fermée, je jetais un coup d'oeil, pour voir si sa silhouette ne me faisait pas signe.

Parfois, je frappais à sa porte sans invitation. Sa mère me répondait toujours avec le sourire, même quand elle devait me renvoyer parce que Michel sommeillait.

J'étais son seul ami. Je suis sûr qu'il n'y avait pas un garçon, pas une fille dans tout Lachine qui ne désirait être le seul ami de quelqu'un.

Concrètement, cela signifiait que Michel était à ma disposition. J'allais le voir quand j'en avais envie et, si je manquais à mon devoir, je ne craignais pas qu'un autre vole ma place. Et jamais Michel ne refusait de jouer avec moi. Jamais non plus il ne discutait mes choix de jeu.

La plupart de ses jouets étaient inutilisables pour lui!

La galerie de tir, avec le pistolet à fléchettes, était spectaculaire avec ses cibles qui sonnaient, tournoyaient, basculaient... mais une fois les munitions épuisées, comment Michel pouvait-il les récupérer? Les voitures à ressort ne revenaient pas toutes seules! Il pouvait jouer aux mini-quilles, sauf que c'était compliqué de déplacer la table de jeu pour replacer les quilles...

J'aurais préféré garder secrète ma nouvelle relation. Toutefois, à cause de sa fenêtre, Michel sortit vite de l'anonymat qui avait marqué sa vie et celle de sa famille jusqu'à ce printemps-là. Je dus bientôt révéler l'identité de ce mystérieux garçon.

Je vis que Paul se sentait un peu trahi par cette amitié particulière dont je ne lui avais rien dit.

Binette, par contre, affirma avec un inquiétant enthousiasme son désir de participer. Pas question! La chambre était trop petite. Michel était fragile et il ne fallait pas le fatiguer. Sa mère, surchargée, n'était pas habituée à avoir beaucoup d'enfants dans ses jupes.

Rien de tout cela n'était tout à fait vrai ni tout à fait faux. Non, vraiment, ce n'aurait pas été une bonne idée que d'amener d'autres amis; après les en avoir persuadés, je m'en persuadai moi-même.

Je demeurai donc le seul ami de Michel. La chose me valut une notoriété qui dépassa bientôt les limites de notre rue.

Le plus souvent, c'était un garçon ou une fille de mon âge qui me demandait si c'était vrai que j'avais un ami paralysé. Je me faisais prier pour raconter, pour décrire, et le sac à pipi produisait toujours son petit effet.

D'autres fois, c'étaient des adultes que nous rencontrions sur le chemin de la messe qui glissaient une remarque. Cela me donnait droit à un mot gentil. Ma mère était fière de moi et je goûtais cette considération à laquelle je n'étais pas habitué.

* * *

Pâques arriva. Comme chaque année, parce qu'elle mettait fin à quarante jours de carême, cette fête était bienvenue. C'était long, quarante jours, même si les privations, dans mon cas, demeuraient supportables.

S'il faisait beau, après la messe, nous sortions dans la rue afin d'étrenner nos vêtements neufs. Les filles portaient des chapeaux à ruban et des robes à crinoline. Les arbres brillaient de milliers de points verts. Les herbes commençaient à redresser la tête.

Nous ne jouions pas: nous faisions nos petits mondains. Nous ne voulions pas nous salir… mais nous avions tous des traces de chocolat au coin de la bouche et, pour l'essentiel, les conversations tournaient autour de cette exquise substance.

Je devais placoter avec d'autres enfants lorsque mon regard se porta vers la fenêtre de Michel, qui était fermée. Je ne pouvais pas voir s'il nous observait.

Des souliers neufs! Une question me frappa de plein fouet. Michel avait-il reçu des souliers neufs, lui aussi? Quelque chose me disait que oui. Tout à coup, mon coeur se gonfla de tristesse. Il avait fait beau durant les jours de congé et nous avions beaucoup joué dehors, alors je n'étais pas allé le voir.

Je courus vers l'impasse, hanté par l'image de Michel, seul dans son petit monde fermé, déçu qu'un nouveau miracle ne soit pas survenu pour lui.

Je sonnai et j'attendis avec anxiété.

— Germain! lança sa mère. Tu viens souhaiter de joyeuses Pâques à Michel! Il va être content. Il commençait à se demander si tu étais encore son ami. Entre.

Je voulais tellement être excusé que j'aurais monté l'escalier à genoux.

Il était dans sa chaise haute, bien habillé, pantalons compris et… oui, il portait des souliers neufs! De bons gros souliers bruns impeccablement lacés, comme les nôtres!

— Je me suis ennuyé de toi! avoua-t-il.

C'était la première fois que quelqu'un s'était ennuyé de moi. Michel avait souvent de ces petites paroles qui me déroutaient, avec des mots que les filles employaient peut-être entre elles, mais jamais les garçons.

— Joyeuses Pâques! lui dis-je en l'embrassant sur la joue.

Ça aussi, c'était quelque chose que je n'aurais pas fait avec d'autres garçons, sauf que c'était si naturel chez lui que, dès nos premières rencontres, je m'étais habitué. Son père n'aimait pas cela:

— Des hommes, ça ne s'embrasse pas, ça se donne la main! répétait-il sur un ton bourru.

— As-tu eu du chocolat? l'interrompit Michel.

En revenant de la messe, nous avions cherché à travers la maison les petits oeufs que nos parents avaient cachés.

— Moi, lança Michel, c'est mon grand-père qui a acheté mon lapin à Montréal.

Il tourna la tête. Mes yeux suivirent les siens et s'agrandirent. Il y avait là, dans le coin, le plus grand lapin que j'aie jamais vu de ma vie! Il était aussi grand qu'un petit enfant, tout en beau chocolat lustré, avec des yeux en jujubes et des bonbons pour les boutons de la veste.

— Veux-tu y goûter?

— Bah! pourquoi pas.

— Maman! cria Michel, est-ce que je peux donner un morceau de mon lapin à Germain?

Sa mère, occupée, mit quelques secondes à arriver. Ce fut très long pour moi.

— Bien oui, voyons! répondit-elle alors qu'elle se pointait dans la porte tout en se limant les ongles. De toute façon, tu ne pourras pas le manger au complet.

Et elle ajouta à mon intention:

— Le chocolat, ce n'est pas bon pour Michel. Je dis toujours à son grand-père de ne pas en acheter un si gros, mais il ne peut pas s'en empêcher.

— Je peux en manger, précisa Michel, mais rien qu'un petit morceau sur le bout de la langue.

— Si tu en veux, ajouta sa mère, ne te gêne pas! L'an dernier, j'en ai jeté.

Deux minutes plus tard, le lapin n'avait plus de pieds.

Chapitre IV
Trop de chocolat pour Michel

La mère de Michel ne jeta pas de chocolat cette année-là car, du lapin géant, il ne resta plus qu'un remords sucré.

Le chocolat avait stimulé la ferveur de mon amitié. La mère de Michel me demanda si je venais pour voir son fils ou pour satisfaire ma gourmandise.

Ce n'était pas un reproche! Jamais elle ne m'en faisait, d'ailleurs, même quand je m'excitais un peu trop et qu'une autre m'eût expulsé sans ménagement.

Le problème, surtout, c'était que quand je mangeais son chocolat, Michel en voulait aussi un peu. Oh! rien qu'un petit morceau… à la fois.

En revenant de l'école, le lendemain du jour où j'avais partagé avec lui la dernière oreille, j'aperçus un homme qui s'engouffrait dans l'impasse. Tout le monde connaissait ce personnage corpulent qui portait une grosse mallette: c'était le docteur Gingras.

Mon coeur se serra. Le malade ne pouvait être que Michel! Je passai sous sa fenêtre sans détourner la tête, tel un criminel rôdant près des lieux de son méfait, craignant d'avoir une part de responsabilité dans le malheur que j'appréhendais.

À la maison, ma mère fut étonnée de ne pas avoir à insister pour que, après ma collation, je fasse sans tarder mes devoirs, plutôt que d'aller rejoindre mes camarades dans la rue pour une partie de hockey.

Dans la soirée, pendant qu'elle repassait le linge et que je rêvassais encore sur mes problèmes d'arithmétique, elle me demanda:

— Qu'est-ce qu'il y a, Germain?

— Quoi?

— Germain Dubois, ne joue pas à la cachette avec moi! Je te connais assez pour savoir que quelque chose ne tourne pas rond… C'est Michel?

Comment le savait-elle? Je m'enfonçai davantage la tête dans mon livre, avouant ainsi qu'elle avait touché la cible.

— Vous vous êtes disputés?

— Non… Je pense qu'il est malade.

— Oh! vraiment? Qu'est-ce qui te fait croire ça?

— Le docteur Gingras est chez lui.

Elle hocha la tête avec désolation. La maladie était tels les loups d'autrefois: on n'aimait pas qu'elle rôde aux alentours. Et les soins coûtaient si cher!

— Ce n'est peut-être pas Michel qui est malade, c'est peut-être sa petite soeur qui a attrapé une grippe...

Elle n'y croyait pas plus que moi.

La maladie n'était malheureusement pas le rayon de saint Michel archange. Je ne pouvais donc pas rêver de guérir Michel et j'eus beaucoup de difficulté à m'endormir cette nuit-là.

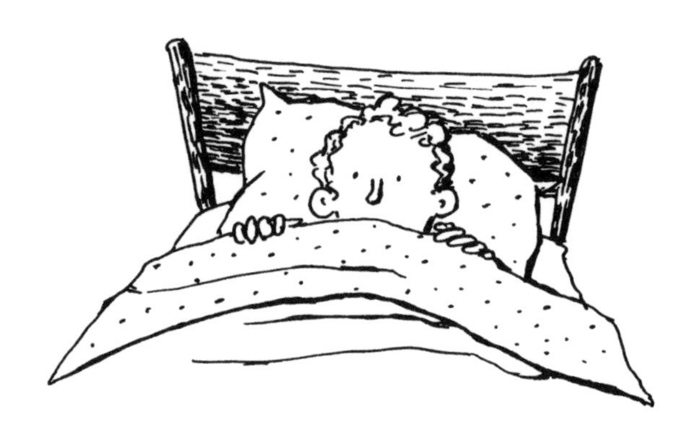

Chapitre V
Le jeu de *kick-la-canne*

Michel guérit. Quand j'eus enfin le courage de sonner à nouveau à sa porte, je le trouvai alité, mais d'assez bonne humeur. Dans un lit, il avait l'air presque normal.

— Il paraît que j'ai failli mourir! me dit-il sur le même ton qu'il avait pris pour m'apprendre qu'il mettait ses doigts dans son nez.

Cette seule mention d'une mort effleurée me troublait. Lui en parlait avec une sorte de fierté. Je crois avoir compris beaucoup plus tard que c'était l'expression du simple bonheur de se confier à un ami.

Ce dont je me rendis compte aussi, c'est que, même si j'étais son unique ami, il ne semblait pas attendre de moi quoi que ce soit.

Que je vienne tous les jours ou une fois à l'occasion, pour jouer ou pour manger du chocolat, il m'accueillait de la même

manière. S'il me posait beaucoup de questions sur ce que je faisais le reste du temps, ce n'était jamais dans l'intention de me demander des comptes.

— À quoi as-tu joué, hier?

— À *kick-la-canne*.

— Comment est-ce que ça se joue?

Je le lui expliquai en faisant tourner la soucoupe à une dangereuse allure:

— Eh bien… on pose une vieille boîte de conserve au milieu de la cour et on tire un gardien au sort. Il doit compter jusqu'à cinquante, les yeux fermés, pendant qu'on va se cacher.

«Après, il doit nous trouver. Si, pendant qu'il nous cherche, un joueur sort de sa cachette en courant et arrive avant lui pour donner un coup de pied sur la *canne*, on recommence. C'est encore lui le gardien. Autrement, c'est celui qui est sorti et qui

s'est fait doubler qui sera le gardien... et on ne veut pas être le gardien.»

— Je comprends, maintenant. Des fois, je vous vois courir dans la cour de la buanderie quand je regarde dehors!

Juste en face de chez Michel, de l'autre côté de la rue, il y avait une buanderie. C'était un vieux bâtiment à l'état douteux avec des hangars à l'arrière.

— Oui, mais on n'y va plus depuis que le petit Duchesne s'est brûlé la face avec de l'acide qui traînait.

— Ouache! C'est dangereux, jouer dehors!

— C'est sûr, il faut être prudent, dis-je d'un ton détaché, tout en accélérant encore le mouvement de la soucoupe qui grinçait maintenant de plus en plus.

— Et vous ne jouez plus jamais dans la cour de la buanderie?

— Après l'accident, plus personne n'a eu le droit de mettre les pieds là. Mais ils ont fait des réparations. Je pense qu'on pourrait y aller, maintenant.

Tout à coup, j'eus une idée!

— Peut-être que tu pourrais jouer un peu, toi aussi, sauf qu'il ne faudrait pas le dire!

— Ah oui? Comment?

— Je vais t'expliquer. OUPS! Je pense que la soucoupe est bloquée!

La soucoupe avait les entrailles franchement bousillées. Cependant, Michel était beaucoup plus préoccupé par sa participation à la prochaine partie de *kick-la-canne*.

À ma suggestion, on recommença à jouer dans la cour de la buanderie, et je battis bientôt des records de perspicacité. Je me cachais toujours de manière à garder la fenêtre de Michel dans mon champ de vision. Il me faisait signe quand le gardien de la *canne* s'éloignait assez pour que je puisse sortir sans risque. Quand j'étais le gardien, il guidait mes pas vers les cachettes des autres.

— Ce n'est pas tricher? s'inquiétait-il parfois.

— Non… c'est de la ruse!

Cette période constitua l'âge d'or de notre amitié.

Chapitre VI
Un hélicoptère perdu

Les demoiselles Saint-Aubin poursuivaient leur oeuvre et une grande nouvelle arriva: la famille de Michel allait déménager de l'autre côté de la rue Notre-Dame.

Le logement était plus salubre, à l'étage d'une maison bleue avec un balcon en avant et une petite terrasse en arrière. On lui avait aussi trouvé un fauteuil roulant. Sa mère, à défaut de lui faire descendre l'escalier, pourrait le sortir et le rentrer sans abuser de ses forces. Michel profiterait enfin des beaux jours.

Tout était pour le mieux, mais cette maison n'était pas située sur le chemin de l'école. Ne passant plus devant chez lui, je négligeai bientôt mon ami.

L'école, d'ailleurs, tirait à sa fin. Cette période coïncidait avec l'expansion de notre territoire de jeu, situé à l'opposé de la rue Notre-Dame, vers le parc LaSalle.

Nous y disputions les balançoires et les tourniquets aux bandes des rues voisines.

Les jours s'allongeant, les devoirs rétrécissant, je retrouvais le plaisir des randonnées à bicyclette avec mon ami Paul.

Je n'oubliais pas toujours Michel. Quand il pleuvait, j'allais le voir. Je le visitais par devoir, car je m'ennuyais un peu plus chaque fois en sa compagnie. Si le temps n'était pas trop frais, nous jouions sur la terrasse.

La télévision était entrée dans nos vies. Les gens qui gâtaient Michel n'avaient pas manqué de procurer un poste à sa famille, mais la programmation ne commençait qu'en fin d'après-midi.

Pourtant, Michel semblait toujours aussi heureux de mes visites, même si je sentais qu'il n'était pas dupe.

Il avait reçu un nouveau jouet que je lui enviais: un énorme hélicoptère en plastique dont l'hélice s'envolait quand on tirait vigoureusement sur une ficelle. Dans la maison, ce n'était pas très amusant.

Un avant-midi que le soleil s'en donnait à coeur joie, je me rendis chez Michel. J'entrai directement dans la cour et je le trouvai installé sur la terrasse toute

en bois gris. Quel sourire il déploya en me voyant monter l'escalier!

— Tu ne joues pas avec ton hélicoptère?

— Je ne pourrais pas aller chercher l'hélice!

— Moi, je peux!

— C'est vrai...

Sa mère s'opposa. Lancée de la terrasse, l'hélice pourrait profiter d'un vent contraire pour se poser sur le toit d'un des garages qui ceinturaient la cour en terre battue. Michel n'eut pas à insister beaucoup pour que sa mère mette de côté ses réticences. Elle nous fit promettre, à moi plus qu'à lui, de modérer nos ardeurs.

Michel lança délicatement l'hélice, qui retomba dans les marches de l'escalier. À mon tour de tirer: l'hélice décrivit une élégante courbe et s'échoua en bas.

Une dizaine de lancers plus tard, j'étais dans la cour, essayant de pousser l'appareil à ses extrêmes limites. De la terrasse, Michel m'observait d'un air inquiet, m'exhortant à la prudence. Je ne l'entendais plus. Tous mes sens étaient portés sur le cercle rouge qui dansait dans le soleil. J'avais l'absurde conviction qu'il pourrait voler toujours un peu plus loin.

Et l'hélice montait, montait encore, si haut qu'elle demeura un moment suspendue entre le soleil et l'azur... Puis, comme si elle dévalait la pente d'une glissoire, elle disparut derrière la ligne noire d'un toit! Ma gorge se serra à mesure que les secondes s'écoulaient. L'hélice ne reviendrait pas, cette fois-ci.

Je tournai la tête. Michel, bouche bée, yeux tristes, pointait du doigt un lieu invisible pour moi. Je fus submergé par la déception, le ridicule, la honte, la culpabilité et, pour lier le tout, par la lâcheté.

Je remontai l'escalier en courant et posai la partie fixe du jouet, désormais sans intérêt, entre les bras de Michel.

— Ma mère m'appelle, balbutiai-je. Il faut que j'aille dîner.

— Et l'hélice?…

— Euh… tu demanderas à ton père, ajoutai-je en détalant.

Chapitre VII
Germain se rachète

C'est en vain que j'essayai de cacher à ma mère la crise de conscience à laquelle j'étais en proie depuis ma dernière visite à Michel. Cependant, elle n'arrivait pas à me tirer les vers du nez.

Dès qu'elle tentait de me faire parler, je sortais. C'étaient les grandes vacances. Ou alors je jouais l'innocent, et il faut croire que j'avais fait des progrès en cette matière.

Pourtant, plus les jours passaient, plus ma conduite me paraissait impardonnable. J'en étais rendu à éviter la rue Notre-Dame de peur de croiser le père ou la mère de Michel ou, pire, les demoiselles Saint-Aubin!

Le dimanche suivant, je suppliai ma mère de courir jusqu'à l'église, tout en tournant autour d'elle pour me dérober aux regards des passants. Je gardai le nez dans mes mains jointes tout au long de la messe. Impossible de regarder saint

Michel archange en face, impossible de m'envoler!

En sortant, ma mère ne s'arrêta pas pour sa conversation habituelle sur le parvis et se hâta de nous ramener à la maison. Cela aurait fait mon affaire, si elle n'avait pas paru d'une humeur douteuse. Une mère ne change pas ses habitudes pour rien! Le pire était à craindre. Avait-elle appris mon inqualifiable mesquinerie?

— Je ne sais pas ce qui se passe avec toi, Germain, remarqua-t-elle. Il y a cent ans que notre famille est établie à Lachine, et personne n'a jamais eu honte de marcher dans la rue.

— On n'a pas honte.

— Toi, oui! Cela se voit comme le nez au milieu de la figure. Tu ne veux pas me dire de quoi il s'agit, soit! Mais fais un homme de toi et règle ce problème.

J'avalai ma salive et me tus.

Le lendemain matin, il pleuvait. Paul m'avait téléphoné, puis Binette. Nous aurions pu jouer avec nos autos miniatures. À trois, nous en avions toute une flotte. Avec des boîtes de carton, nous construisions des garages, des maisons, des villes…

Étendu sur le sofa à regarder la pluie battre les vitres, je n'avais pas la tête à ça, je ne pensais qu'à Michel. Il aurait fallu qu'il joue avec nous.

Pourquoi pas? Voilà ce qu'il fallait faire: amener Paul et Binette chez Michel!

Ce serait plus drôle! Une fois qu'ils auraient lié connaissance, ils pourraient aller le voir quand je ne serais pas là, quand nous serions partis en vacances, par exemple.

Je ne serais plus son seul ami, mais quoi! Il ne faut pas être si égoïste! J'imaginais déjà la tête de Michel rencontrant les deux nouveaux amis que je lui amènerais… et au diable l'hélicoptère en plastique!

Je courus au téléphone et j'appelai Paul d'abord, pour lui parler de mon idée. Il était d'accord. Lorsque je raccrochai, ma mère, qui avait tout entendu de la cuisine, s'approcha:

— Ne penses-tu pas que ce serait plus poli de demander à sa mère avant?

Ce n'était pas une vraie question. De plus, je savais qu'elle avait raison. Et cela signifiait que je ne pouvais contourner mon problème. Peut-être ne connaissait-elle pas le détail, sauf qu'elle avait sûrement deviné que ma morosité avait un rapport avec Michel.

Dès que je fus près de chez Michel, j'eus un mauvais pressentiment. N'était-ce que l'effet du ciel lourd et noir qui menaçait de s'effondrer? Je montai lentement l'escalier, la main serrant la rampe de fer, mes yeux ne quittant pas la porte.

Sa mère tarda à se montrer.

— Ah! Germain, c'est toi.

Elle portait une robe pour sortir. Sa voix traînait et la maison, derrière elle, exhalait un vide désolant.

— Michel est à l'hôpital, soupira-t-elle.

Je ne pouvais rien dire, j'avais la gorge trop serrée.

— Il va probablement sortir d'ici la fin de la semaine. Tu pourras le visiter, ça lui fera un gros plaisir, parce que tu lui as manqué, tu sais. C'est à cause de l'hélicoptère que tu n'es pas revenu? Ce n'était pas nécessaire de te sauver comme ça.

— Ma mère m'avait appelé...

Où pouvais-je encore trouver la lâcheté d'essayer ce stupide mensonge? J'aurais dû tomber à genoux et demander pardon.

— Voyons, Germain, ça ne donne rien d'essayer de mentir. Ce n'est pas si grave d'avoir perdu l'hélice. C'est en ne revenant pas que tu as fait de la peine à Michel.

Je baissai la tête. J'avais compris.

— Vendredi, conclut-elle, Michel devrait être ici. Sauf qu'il ne faudra pas le fatiguer. Ne viens pas longtemps, mais souvent.

— C'est promis.

* * *

Oh! que je l'ai tenue, cette promesse!

J'avais connu Michel grassouillet parce que, forcément, il ne faisait pas beaucoup d'exercice. Maintenant, ce qu'il avait maigri! Il ne pouvait même pas s'asseoir dans son fauteuil roulant, cela l'épuisait.

— J'ai encore failli mourir.

Il y avait dans sa voix, pour la première fois, un filet d'inquiétude.

— Pourquoi? Qu'est-ce que tu as eu?

— Il paraît que mon sang s'est empoisonné.

Je ne demandai pas davantage de détails. Moi, les descriptions de maladie, ça m'enlevait le goût de vivre. De toute façon, nous ne pouvions rien y changer.

Chaque jour, et deux fois plutôt qu'une, je suis allé le voir. Finie l'époque où je profitais de ses jouets sans me préoccuper de lui! C'était désormais Michel qui décidait de ce que nous ferions et je ne discutais pas.

Le plus souvent, nous bavardions. Il adorait que je raconte mes expéditions à bicyclette avec Paul. Nous connaissions tout Lachine et nous avions commencé à explorer Pointe-Claire, plus à l'ouest. Durant l'été, les grands jeux de rue faisaient relâche.

Mon père prenait ses vacances les deuxième et troisième semaines d'août. Cette période arriva presque par surprise. Le temps passe plus vite quand on a quelque chose d'important à accomplir. Michel avait pris du mieux à belle allure et je me plaisais à croire que c'était en partie grâce à moi.

Bien sûr, il fut attristé d'apprendre que je serais absent pendant deux semaines. Il voulut que je lui parle du chalet.

C'était une petite maison en bois rond au bord d'un lac. Elle contenait des lits de fer avec des matelas minces, une glacière à l'ancienne, des toilettes sans eau dans une cabine et un poêle à bois. Et il n'y avait pas de télévision.

Dehors, des marchands ambulants parlaient comme s'ils avaient la bouche pleine de purée. Il y avait des moustiques et des guêpes dont il fallait se méfier, ainsi que des tamias à apprivoiser.

Je pouvais patauger des heures durant dans le lac. Si le temps était trop frais pour nous baigner, nous avions le droit d'aller taquiner les poissons en chaloupe, à quelques brasses de la berge.

— Tu pêches! s'exclama Michel. Mon oncle Bob est un grand pêcheur. Il nous apporte souvent des truites.

Pêcher, dans notre cas, c'était beaucoup dire. Je lui racontai l'histoire du seul poisson que j'aie jamais pris.

Nous nous étions fabriqué des cannes à pêche avec des branches, de la ficelle et des épingles tordues en guise d'hameçon. Nous appâtions les poissons avec des morceaux de pain. D'habitude, les résultats étaient nuls et nous renoncions après une heure ou deux.

Une fois, un poisson gourmand ou stupide avait mordu à ma ligne et, malgré toute ma maladresse, j'avais réussi à l'amener dans la chaloupe. Il se décrocha et se mit à sautiller avec une vigueur telle qu'il faillit nous faire chavirer! Il n'était pas très gros et, quand il se calma, je le

saisis dans mes mains. Mon grand frère était d'avis qu'il fallait le rejeter à l'eau.

Je voyais bien qu'il était trop petit pour être mangé, mais je n'arrivais pas à m'en séparer. J'eus l'idée de lui trouver un bocal. Il y avait un pot de chambre, dans le chalet, qui conviendrait.

En trois coups de rame, nous fûmes au bord. Je courus vers le chalet. Le jour, le pot de chambre se trouvait sous l'évier.

J'avais besoin de mes deux mains, d'abord pour sortir le pot, ensuite pour actionner la pompe manuelle grâce à laquelle nous puisions l'eau du lac. J'étais juste à côté du poêle et, sans réfléchir, j'y déposai le poisson.

C'était un poêle à bois. Il faisait frais, ce jour-là, et ma mère était frileuse. Je n'oublierai jamais le «pscht!» qui suivit immédiatement mon geste. Le poisson aboutit sur le plancher.

Je demeurai un moment figé. Constatant qu'il vivait encore, je le repris et courus vers le lac pour le remettre à l'eau. Mon frère m'emboîta le pas.

Dans l'eau, le poisson fit de son mieux pour échapper à la mort, mais il ne pouvait s'empêcher de se tourner, les yeux vides, la bouche ouverte. Quand ils meurent, les poissons flottent sur le dos. C'est comme ça.

Mon frère prononça bientôt l'acte de décès. Moi, je persistai jusqu'au souper à maintenir en position de nager ce qui n'était plus qu'un cadavre.

— Est-ce que ça t'a fait de la peine? demanda Michel.

— Oui. Beaucoup, pendant plusieurs jours... et ça me fait encore de la peine. C'est parce que c'est ma faute, c'est moi qui l'ai tué, même si je ne voulais pas.

— Mon oncle Bob dit que les poissons, ça ne souffre pas.

— Voyons donc! Si tu l'avais vu sauter!

— Ce n'est pas comme nous, parce qu'ils ne savent pas qu'ils souffrent.

— Je ne comprends pas.

— Moi non plus, sauf qu'il connaît ça. Des fois, des poissons qui se sont décrochés en s'arrachant la moitié de la bouche viennent mordre encore. Ça montre qu'ils n'ont pas dû avoir trop mal.

— C'est peut-être moi qui m'en fais trop, mais ça vient tout seul. Le soir, si je me mets à penser à mon poisson, je ne m'endors plus.

— Moi, mes médicaments me font dormir.

Sur le moment, je n'étais pas conscient que nous parlions de la mort. Quand Michel me disait qu'il avait failli mourir, je ne ressentais absolument pas la portée d'une telle affirmation. Je savais que la mort existait. Toutefois, je ne connaissais personne qui soit mort. J'étais donc parti en vacances le coeur léger.

Une triste fatalité m'attendait cependant au retour: les vitrines de la rue Notre-Dame s'étaient remplies de cahiers, de règles, de crayons, d'étuis et de sacs d'école. Je détestais ces savants assemblages qui gâchaient notre dernière semaine de vacances.

Tout le monde était plutôt morose. Michel, qui n'allait pas à l'école, échappait sûrement à cette minidépression collective.

Nous étions rentrés le samedi soir. Le dimanche, après avoir salué les gars de la rue, je m'étais rendu chez Michel. Il n'y avait personne. J'avais sonné, sonné, sonné. Ils étaient peut-être en pique-nique.

Même chose le lundi. J'avais essayé de nouveau le mardi, puis le mercredi. La maison de Michel restait vide.

— Il n'y a jamais personne chez Michel, dis-je à ma mère le jeudi après-midi.

— Je sais.

Le ton de sa voix ne présageait rien de joyeux. D'ailleurs, elle retira son pied de sous la machine à coudre, qui cessa son infernal va-et-vient. Elle tourna vers moi un visage grave:

— J'ai parlé aux demoiselles Saint-Aubin, aujourd'hui. Elles m'ont appris que Michel est très malade.

— Encore!

— Oui… Il est toujours malade. Parfois, il va mieux, mais il ne guérira pas.

— Quand est-ce qu'il revient?

Ma mère m'attira contre elle, posa ma tête dans le creux de son épaule et laissa courir ses doigts dans les boucles de mes cheveux.

— Il va falloir que tu pries très fort pour lui, Germain, parce que ça se pourrait qu'il ne revienne pas.

— Ils déménagent une fois de plus? demandai-je, même si je savais à peu près où ma mère voulait en venir.

— Ça se pourrait qu'il meure, Germain!

— Oh! je sais! Ce n'est pas la première fois qu'il manque de mourir.

— Cette fois, il a été deux jours dans le coma.

— Où?

— Dans le coma. Ce n'est pas un endroit. C'est comme si on dormait sans que rien ne puisse nous réveiller.

— Il s’est réveillé?

— Oui, mais il est entre la vie et la mort.

Les chapelets en famille furent désormais consacrés à Michel. J’y mis toute l’ardeur dont j’étais capable, quoique prier ne soit pas mon fort. Je pensais toujours à la mort. Quand on en parlait à l’école, c’était à propos de ce qui venait après. Cela se résumait à trois possibilités: l’enfer, le purgatoire ou le ciel.

De l’avis de tous, Michel ne pouvait faire autrement que de monter directement au ciel. Il devait sans doute avoir commis un péché par-ci, par-là, mais tout de même. Quand on se retrouve à l’hôpital pour trois bouts de chocolat, c’est assez cher payé pour qu’on ne vous taxe pas de l’autre côté!

Puisque aller au ciel était ce qui pouvait arriver de plus merveilleux à quelqu’un, Michel était aussi bien de mourir tout de suite! Pourquoi devions-nous prier pour l’empêcher d’accéder au paradis et le ramener sur terre où il serait encore coincé dans un fauteuil sans pouvoir manger du chocolat?

Je ne parlais de ces réflexions à personne car, en ce temps-là, il était mal vu qu'un enfant se pose trop de questions. De toute façon, je voulais que Michel revienne.

La famille de Michel avait emménagé temporairement chez des parents qui habitaient près de l'hôpital, «pour aussi longtemps que ce serait nécessaire», avait précisé ma mère.

Ce fut long.

L'école recommença. J'étais pris avec la maîtresse que personne n'avait envie d'avoir.

Elle donnait beaucoup de devoirs et avait la règle facile avec ceux qui ne les faisaient pas, ou qui les faisaient mal. Or, ce pouvait être moi dans les deux cas. Elle m'épargnait ses coups, pourtant, se contentant de me pincer quand j'étais distrait.

Ce traitement de faveur, peut-être dû à la bonne réputation de notre famille, finit par me valoir la jalousie des mauvais élèves de la classe.

Les journées d'école n'avaient donc rien pour faire mon bonheur. J'aurais eu grand besoin des moments de complicité que me procurait Michel. J'avais des nouvelles de lui par ma mère: il n'allait pas mieux.

Arriva la saison des marrons. À Lachine, on ne les mangeait pas. Ils traînaient sur le sol et les balayeurs les ramassaient et les jetaient.

Nous, nous cherchions les plus durs. Avec un clou, nous les transpercions, puis nous passions un lacet dans le trou. Ensuite, nous nous lancions des défis. Il s'agissait de faire tournoyer nos marrons à toute vitesse, de manière à ce qu'ils s'entrechoquent et que le plus tendre se brise.

J'étais assez habile à ce jeu, non pas à cause de ma force, mais parce que je savais bien choisir les marrons gagnants. Entre eux, les mauvais sujets pariaient sur moi, même si c'était péché. Ils oublièrent un peu leur ressentiment à mon égard. Moi, j'oubliai un peu Michel.

Ma mère le rappela pourtant à mon souvenir.

— Michel est sorti de l'hôpital. Il demeure toujours chez sa tante, parce qu'il peut y retourner d'urgence n'importe quand. Sa mère dit qu'il voudrait te voir. J'ai son adresse.

Elle me tendit un bout de papier. Rien, à Lachine, n'était vraiment loin et je pourrais y aller seul.

— Pourquoi pas après l'école? suggéra ma mère.

Pourquoi pas? Pour autant de raisons plus vaines les unes que les autres. D'accord, ce n'était pas loin, juste dans une direction tout à fait opposée. Il aurait fallu que je laisse mes camarades, que je manque en plus mes émissions de télévision.

Au fond, la vraie raison, c'était que j'avais peur. Peur... le mot est un peu fort. C'était plutôt ce que nous appelions de la gêne. Je ne connaissais pas les gens chez qui il habitait. Binette, lui, ça ne l'aurait pas dérangé, mais moi...

Peut-être aussi que je voulais croire que Michel reviendrait de lui-même, qu'il guérirait. Quoi qu'il en soit, je n'arrivais pas à me décider.

Après celle des marrons, ce fut la saison des feuilles mortes, celle des samedis entiers à former les plus gros tas possibles, à s'y enfouir, à les défaire et à les refaire.

Puis ce fut l'Halloween, avec la tournée vespérale des maisons pour mendier des friandises. Ce fut ce soir-là, déguisé avec du carton ondulé en Oscar le robot, que je sonnai pour la dernière fois chez Michel.

Fallait-il que je sois bête pour penser que ses parents avaient la tête à donner des bonbons! Paul, méticuleux, tenait à ne négliger aucune possibilité.

Maintenant qu'on était revenu à l'heure normale, la nuit tombait avant cinq heures. En rentrant de l'école, quelques jours plus tard, je trouvai mon père qui brûlait les dernières feuilles dans la cour.

Voyageur de son métier, il n'était pas souvent avec nous, mais il savait tout. À ce moment, être avec lui et jouer avec les flammes paresseuses devint pour moi la seule chose digne d'intérêt dans le monde entier. Je demandai à prendre le râteau pour attiser le feu.

— Comment va ton ami? interrogea-t-il.

— Lequel?

— Germain… ne fais pas l'innocent. Tu n'as qu'un seul ami gravement malade.

— Ah! Michel!

— Michel, oui.

— Je ne sais pas trop, je pense qu'il ne va pas mieux.

— Tu n'es pas allé le voir!

— Pas encore.

— N'attends pas trop, mon petit gars. Quand il est trop tard, il est trop tard pour longtemps, pour tout le temps!

Une boule de quelque chose de dur s'agglutina dans ma gorge et y demeura jusqu'au souper.

Chapitre VIII
Le dernier baiser

— Hé! Binette! Tu sais, mon ami paralysé, là... dis-je le lendemain, en descendant l'escalier pour la récréation de l'après-midi.

— Ouais... tu n'en parles plus. Il paraît qu'il est très malade!

— Oh oui! Il reste chez sa tante.

— Ah... Où ça?

— Dans la 18e Avenue, de l'autre côté de la voie ferrée.

— Ce n'est pas loin. Vas-tu aller le voir?

— C'est vrai que ce n'est pas loin, mais c'est de revenir, tu sais...

— Veux-tu que j'aille avec toi?

— Non, non, écoute, il est très faible, il ne faut pas le fatiguer.

— Ça ne fait rien. Si je peux le voir, tant mieux, autrement, je vais t'attendre à la porte.

Il était ainsi, Binette. Il voulait toujours aller partout.

J'avais l'adresse exacte dans ma poche. Nous nous trouvâmes bientôt devant une porte à la peinture écaillée. À la fenêtre de la porte, le store était baissé. Je lisais et relisais le numéro et le comparais à celui inscrit en haut de la porte.

— Tu vois bien que c'est là! Sonne! s'impatienta Binette.

— Peut-être que…

— Peut-être que quoi? Si on s'est trompés, ils ne vont pas nous tirer dessus! Pissou!

Ça, c'était une accusation grave!

D'un geste que je voulus décontracté, j'appuyai sans plus attendre sur la sonnette.

En retenant mon souffle, je vis le store s'écarter et un visage de vieille femme, couronné de bigoudis, pencher sur moi un regard inquisiteur.

Aussitôt, le store se referma et la porte s'ouvrit.

— Germain! C'est toi! Dieu merci, tu es venu!

C'était la voix de la mère de Michel. Cependant, elle, je ne l'aurais jamais reconnue. Elle avait l'air d'une grand-mère!

— Viens! Viens vite! C'est un ami? ajouta-t-elle en lorgnant Binette. Il peut

1245

entrer, mais il va falloir qu'il t'attende dans le salon. Michel est très faible.

En laissant Binette devant le salon en question, je vis la soeur de Michel qui jouait avec une poupée. Elle leva la tête et me salua d'une voix traînante qui ne semblait guère avoir eu quelque chose de joyeux à dire depuis longtemps. Elle avait maintenant les yeux aussi cernés que ceux de sa mère.

Cette dernière m'entraîna le long d'un étroit et obscur passage, avec des égards trop lourds pour mes faibles épaules.

Au fond du couloir, une porte, une chambre, une lumière tamisée…

Enfin, un lit dans lequel, sur des oreillers relevés, tache sombre dans la blancheur blafarde, reposait le visage de Michel, crispé telle une illustration de vie de saint. À son chevet, une grosse femme, sûrement sa tante, manipulait des serviettes humides. Je sentais une drôle d'odeur, une odeur de maladie… de mort.

Je demeurais sur le seuil, paralysé. La mère de Michel me poussa doucement dans le dos. Il ne bougeait pas. Il respirait à coups de soupirs plaintifs. Il ouvrit les

yeux et, au bout de quelques secondes, murmura mon nom.

— Salut! répondis-je. Comment ça va?

Question bête. Je crois que je ne me rendais plus compte de rien. C'était bien Michel, dans ce lit. C'était pourtant un autre Michel.

Une main sortit de sous les draps et se leva dans ma direction. Je la pris. Elle était froide, un peu comme ses jambes, que j'avais touchées quelques fois, par curiosité.

Je ne réalisais pas que cela était effrayant. Si ses mains commençaient à ressembler à ses jambes, c'était que la mort qu'elles portaient en elles depuis toujours se répandait dans tout son corps.

Il parla. Je n'ai pas retenu ses paroles parce que je n'écoutais pas vraiment. Toute mon attention était accaparée par cette main froide qui serrait la mienne avec les miettes de force qu'il lui restait.

Puis il se tut et tourna la tête en toussotant. Alors j'eus vraiment de la peine, car je me mis à penser à ce poisson que j'avais pêché et qui n'arrivait plus à se maintenir droit dans l'eau.

— Viens, dit sa mère, il faut qu'il dorme, maintenant. Tu peux lui donner un bec, si tu veux.

Je n'en avais pas envie. Cependant, il m'apparut que je ne pouvais pas faire autrement. Je me penchai sur son front moite.

Dehors, Binette voulut tout savoir. Il fut déçu: j'étais sans mot, je marchais en fixant le trottoir. J'étais soulagé d'être allé le voir, mais je ressentais aussi une sorte de honte de ne pas y être allé avant.

Chapitre IX
Michel a ses ailes

J'ai revu Michel deux fois. La première, avec ma mère. Il était beau, vêtu d'un veston foncé et d'une jolie cravate rouge. La moitié du cercueil était fermée et on ne voyait pas ses jambes; c'est pareil pour tous les morts.

Il y avait beaucoup de monde au salon funéraire. La mère de Michel portait du noir et sentait le parfum. À quelques reprises, je l'entendis murmurer tristement le mot «délivrance» devant des gens qui hochaient la tête en signe de compréhension. J'entendis aussi sa petite soeur demander comment on le mettrait dans la terre sans le salir.

Un jardin fleuri répandait ses couleurs autour du cercueil, incluant un petit bouquet mauve qui venait de moi, avec une carte que j'avais signée. Nous n'étions pas riches, mais ma mère connaissait les convenances.

Je me suis agenouillé devant le corps. J'ai eu un moment la nette impression qu'on m'avait laissé seul, à cause du silence dans mon dos. Je ne pensais qu'à une chose: j'aurais voulu le toucher! Pourquoi? Parce que... il était là et il ne bougeait pas, il ne respirait même pas.

Pourtant, c'était lui. Il y avait là quelque chose d'incroyable! Et la mort? Je ne savais toujours rien de la mort. Je savais par contre qu'il ne fallait pas toucher les morts, parce qu'on disait que cela les faisait noircir. Qui aurait pris un tel risque?

Le reste du temps, je l'ai passé à me faufiler entre les adultes et à éviter les demoiselles Saint-Aubin.

La seconde fois où j'ai revu Michel, ce fut avec Binette, après l'école. Nous passions devant le salon funéraire. Il a voulu entrer. Pas Paul, pas les autres, qui étaient gênés, et moi aussi d'ailleurs, mais je ne pouvais refuser cela à Binette.

Il n'y avait presque personne en cette fin d'après-midi, le dernier sans doute. Binette s'est avancé vers la mère de Michel et, très correct, très «petit monsieur», il lui a offert ses sympathies. Puis nous sommes allés nous agenouiller, nous

avons fait un signe de croix et récité une ou deux prières. Michel me paraissait un peu plus fatigué.

Je n'ai pas assisté au service funéraire ni à l'enterrement, parce que j'aurais dû manquer l'école.

Le dimanche suivant, la grand-messe fut dédiée à Michel. M. le curé mentionna son nom en chaire. Moi, les yeux dans la voûte, je fixais saint Michel archange.

Je devais encore passer pour un enfant pieux, sauf que je ne pouvais plus m'élever, je ne le voulais plus. Michel habitait maintenant le ciel. Il avait sûrement des ailes. Déjà qu'on l'avait privé de jambes ici-bas, on ne lui ferait sûrement pas le même coup dans l'au-delà!

Le ciel n'était plus un terrain de jeu pour moi, c'était là où Michel volait et je ne pouvais pas l'y suivre, puisque j'étais vivant! Et puis, comment Michel m'aurait-il reçu, au ciel, lui qui désormais savait tout?

Mieux valait rester du côté des vivants.

Table des matières

Achevé d'imprimer
sur les presses de Litho Acme inc.